FABLES NOUVELLES,

PAR

FLEURY FLOUCH,

FAISANT SUITE A CELLES DÉJA PUBLIÉES
PAR LE MÊME AUTEUR.

BORDEAUX,

IMPRIMERIE DE DELIÈGE AÎNÉ, RUE ROYALE, 13.

1840.

FABLES NOUVELLES,

FABLE I.re

La Boue et le Diamant.

Un diamant se détacha
De l'épingle d'un fashionable;
Sans doute que plus loin son maître le chercha,
La chose est du moins vraisemblable.
Quoi qu'il en soit, voilà mon diamant
Qui de son trône d'or est tombé dans la boue,
La fange, qui l'entoure, insulte à son tourment :
« Tu vois comme le sort de ta grandeur se joue !
» Astre déchu, que je plonge au cercueil,
» Dit-elle, en bouillonnant d'orgueil,
» Entre nous désormais il n'est plus de distance ».
» Vieille folle, je vois qu'un accès de démence
» Absorbe ton esprit et le fait sommeiller,
» Répond le bijou qu'elle offense ;
« Crois-tu que ton caquet m'empêche de briller » ?

Ni la misère, ni l'envie,
Ne peuvent éclipser la gloire du génie.

FABLE II.

La Peine et le Plaisir.

Par un beau jour de Mai, sous un ciel plein d'éclat,
Le Plaisir disait à la Peine :
« Je suis las de porter ta chaîne;
» Me prends-tu donc pour un forçat?

» Pourquoi viens-tu renverser la corbeille
» Où des plus belles fleurs
» Je fais, en m'amusant, contraster les couleurs,
» Tandis que le Travail, notre père, sommeille » ?
Et le Plaisir versait des pleurs
Qui sillonnaient sa joue enfantine et vermeille.

Qui de nous deux à tort, frère mutin ?
Répondit la Peine encore pâle
De ses fatigues du matin :
» Mon visage au grand air se hâle ;
» Tandis que vous chantez, une coupe à la main,
» Le Travail, qui dormait dans un bosquet voisin,
Accourt au bruit de la querelle,
Amenant le Loisir qu'il rencontre en chemin,
« Allons, enfants, dit-il d'une voix paternelle,
» Embrassez-vous, faites la paix ;
» Pour vivre heureux aidez-vous désormais.
» La Pauvreté, que la Discorde appelle,
» Sous votre toit n'habitera jamais.

La balance de Dieu pesa la vie humaine,
Et l'équilibre ainsi vint s'établir :
Il mit dans un plateau la Peine,
Dans l'autre le Plaisir.

FABLE III.

La Violette.

Dans l'enceinte d'un beau jardin,
Un écolier suait d'impatience,
En poursuivant le gentil pèlerin
Qui nous retrace l'inconstance,

Et que l'on nomme papillon ;
Heureux d'avoir fêté les charmes de la rose,
Que ses ailes couvraient d'un riche pavillon,
Prodigue de baisers pour chaque fleur éclose,
　　L'hôte des airs au gré de son humeur,
Après plus de cent tours, un instant se repose,
　　Sur un gazon rayonnant de fraîcheur.
Pauvre insecte ! au trépas son caprice l'expose ;
　　L'étudiant croit déjà le saisir,
　　Ses yeux pétillent de plaisir ;
Il s'approche, il se penche, il retient son haleine,
Et, de deux doigts, formant presque un anneau de chaîne,
Il va, par sa tunique, arrêter le fuyard.
　　Frivole attente ! il est trop tard,
Le voyageur ailé, type de bigarrure,
Au-delà du jardin va chercher sa pâture ;
L'enfant n'y pense plus ; quand l'aspect d'une fleur,
Que l'herbe à ses regards avait d'abord cachée,
　　Fait naître un désir dans son cœur ;
Il veut de ce trésor devenir possesseur ;
Et l'humble violette est bientôt arrachée
Du sol qui protégeait sa vie et sa pudeur ;
Zéphir la trouve belle et lui peint sa tendresse,
Et l'enfant, qui revient, savoure, avec ivresse,
Le parfum qu'elle exhale en quittant son séjour.

Ainsi, quand le destin fait paraître au grand jour
Le grand homme inconnu qui jetait sur sa vie
　　Le voile de la modestie,
Tout un peuple étonné l'environne d'amour.

FABLE IV.

Le Pendant d'oreille et la Bague.

Sur la toilette d'un boudoir,
A côté d'un pendant d'oreille,
Simple anneau d'or, qui montrait son fermoir,
Une bague brillait, élégante merveille,
Qui de l'artiste avait comblé l'espoir;
Elle disait d'une voix courroucée :
« Oses-tu bien si près de moi t'asseoir,
» Boucle chétive ?... Eh ! quelle est ta pensée ?...
» Dans l'or, cercle de mon pouvoir,
» Vois de ces diamants la famille enchâssée.
» Qui de nous deux doit ici prévaloir ?
» Eh ! calme-toi, d'où vient tant de colère,
Répondit sagement l'esclave auriculaire,
» Il faut expliquer tes raisons ».
« Je n'ai pas besoin de leçons,
Réplique la bague en furie,
Que dévore la jalousie;
« Crois-tu que sans dépit je puisse, chaque jour,
» Dès l'instant où je me réveille,
» Te voir jouir, aussi bien que l'oreille,
» Des confidences de l'Amour ?
» Tu sais tous les secrets qu'on dit à ma maîtresse
» D'accord, ma belle enfant; mais parlons sans aigreur,
Poursuit le modeste orateur;
« Tu reçois de l'Amour la première caresse;
» Ton triomphe, en ce point, est au-dessus du mien.
» D'un joli doigt tu formes le lien.
» N'entends-tu pas le langage sublime
» De ce baiser qui sur la main s'imprime ?

» Tu deviens confidente alors ainsi que moi,
   » De la beauté qui nous livre ses charmes.
   » Embrassons-nous, dit la bague. Ma foi,
   » J'avais bien tort d'écouter mes alarmes.
    » Soyons unis , soyons heureux
    » Jusqu'au jour où malgré nos vœux
   » Dans le creuset se fondra notre gloire :
    » Telle est la fin de notre histoire ».

    Mortels , qu'un sort officieux
   Comble de biens, dans cette courte vie ,
    Fermez votre cœur à l'envie ;
Elle change en poisons tous les présents des cieux.

FABLE V.

—

Le Roi et le Ministre.

Un Ministre, honnête homme, autant qu'on puisse l'être ,
   Lorsqu'on parvient à cet illustre rang ,
    Avait long-temps aidé son maître
    De sa fortune et de son sang ,
Et le Roi l'estimait. Ce prince , dit l'histoire,
    Aux nobles accens de la gloire,
    A l'hommage des rois vaincus ,
    Préférait le son des écus :
   On le voyait de ses deux mains fiscales
    Les ranger en piles égales ;
En véritable cancre il faisait, tous les ans,
Pleuvoir sur le budget des millions de francs.
    On sait quel feu ronge un cœur métallique ;
    C'est comme une soif d'hydropique ;
C'est la coupe de fiel aux lèvres d'Alecton.

Le Ministre, honnête homme,

(C'était le seul de la cour, nous dit-on),

Voyait le peuple, au gré de l'auguste Harpagon,

Courber la tête, ainsi qu'une bête de somme

Qu'on gouverne à coups de bâton.

Son cœur s'émut, en comptant les subsides

Transmis au Potentat par mille agents cupides,

Francs éperviers, instruits à retenir

Sur cette offrande prolétaire

Une dîme adultère,

Qui procure à l'intrigue un moyen d'obtenir

L'un de ces hauts emplois, présents du ministère.

Entre larrons il faut se secourir.

Mais revenons au Ministre équitable.

Ce conseiller surnaturel,

Risquant sa dignité pour un trait charitable,

Aborda le Monarque, et d'un ton paternel,

Lui dit, sans employer des fleurs de rhétorique :

« Sire, entendez crier la misère publique.

» Ah ! tondez le mouton, mais ne l'écorchez pas ».

Au lieu de se fâcher, le Roi se mit à rire ;

Mais le conseil, pour lui, n'eut point d'appas ;

Il aimait trop l'argent pour y souscrire.

Plus d'un Ministre en pareil cas,

Écorcherait la brebis sans rien dire.

FABLE VI.

Le Cerf volant.

Au signe du Bélier le soleil parvenu

Ouvrait le mois cher au dieu de la guerre,

Un cerf-volant, dans les airs suspendu,

En pitié regardait la terre.

De la ficelle il dédaignait le soin :
» Je me soutiens, disait-il, par moi-même,
  » Si je voulais, j'irais si loin
» Que le soleil devant ma loi suprême
  » Abaisserait sa majesté.
» De la comète enfin ne suis-je pas l'emblème !
» J'ai, comme elle, une queue, et comme elle, emporté
  » Dans un immense amphithéâtre,
» J'attire les regards d'une foule idolâtre ».
  Tandis que sa fatuité
Erige sa personne en céleste auréole,
  Un esclave d'Eole,
  (C'était, je crois, Auster),
Inaugure, en sifflant, un vacarme d'enfer.
  Le ciel se couvre de nuages.
  Le char de feu que traînent les orages
  Résonne au loin dans l'empire de l'air.
Prêt à sortir du port, le nautonnier s'arrête.
  Le cerf-volant battu par la tempête,
  Aux éléments croit résister encor :
  Quand Borée accourant du Nord
  Heurte son frère avec furie,
De Notus et d'Eurus précipitant l'essor.
Le géant de papier, dont l'édifice crie,
  Voit la ficelle qui se rompt.
  Un éclair est moins prompt
  Que la terreur dont son âme est saisie.
Il tombe de la nue, en pleurant ses beaux jours;
  Et secondant les flèches de la pluie,
Un fleuve impétueux l'emporte dans son cours.

Et je dis au lecteur qui me reste fidelle :
  Le cerf-volant, c'est un roi détrôné,
  L'État, c'est la ficelle;

Et l'Auster effréné,
En mugissant, à notre esprit rappelle
Des révolutions la tourmente cruelle
Et le tocsin d'un peuple infortuné.

FABLE VII.

L'Amant pris au piège.

Un merveilleux, je veux dire un lion,
Courtisan de la mode, à tête originale,
Portant la barbe orientale,
Et chevelu comme feu Clodion,
Voulut voir les charmants villages
Qui de Paris forment les alentours.
La primevère alors saluait les beaux jours,
Et les oiseaux, dans les bocages,
Ouvraient le règne des amours.
Notre lion, fier de ses avantages,
Se promenait en feuilletant les pages,
Ou le roman, sous les tours du castel,
Fait soupirer le ménestrel.
Aux chevaliers sur-tout prodiguant ses hommages,
Il eût voulu, comme eux, se revêtir d'acier;
Le moyen âge, en lui, renaissait tout entier,
La feuille, qui frémit, et l'onde qui murmure,
Le surprenaient, rêvant une aventure,
De quelque Dulcinée adorant les attraits.
Les passants recueillaient ses aveux imparfaits.
Le zéphir se jouait dans sa large crinière;
Des sourcils de pacha
Couronnaient de ses yeux l'éclatante lumière.
Une élégante et gentille fermière
De ce héros s'amouracha;

Et le lion, malgré son air terrible,
Fit voir un cœur sensible.
L'œil, en amour, est un correspondant
Qui vaut le meilleur télégraphe;
La belle toutefois écrivait fort souvent;
Et son style incorrect, mais plein de sentiment,
Offensait la grammaire ainsi que l'orthographe;
Un tel défaut, en affaires de cœur,
Plaît mieux parfois que tout l'art d'un rhéteur;
De la simplicité le cœur aime l'emblème,
Tout est parfait pour lui, dans un objet qu'il aime.
La villageoise adorait le dandy,
Qui, chaque jour, devenant plus hardi,
Sollicita bientôt l'honneur d'un tête-à-tête:
(Les lions brusquent la conquête)
Et son amante à ses vœux eût souri,
De son hommage heureuse et fière;
Mais par malheur elle avait un mari,
Que des lions alarmait la crinière,
Vrai fléau des galans, qui, pour voir sa moitié,
Le fatiguaient des soins de l'amitié;
Entre tous les jaloux cité comme un modèle,
Ce mari-tigre implacable et brutal,
Sitôt qu'il s'agissait de l'honneur conjugal,
Pour un embrâsement prenait une étincelle.
En épiant sa femme, un beau matin,
Il découvrit l'objet de son feu clandestin;
On peut juger de sa colère.
Il sut dissimuler, prétextant une affaire
Qui devait, quelques jours, l'éloigner de Paris;
C'est l'habitude des maris.
Il part. Voilà mon lion qui s'élance;
Mais à peine il arrive au fortuné séjour
Où l'hymen doit fléchir sous les lois de l'amour,

Un cri sinistre, organe de vengeance,
Des deux cœurs amoureux trouble la confidence,
C'est la voix de l'époux.
Pour se soustraire à son courroux,
Il faut sauter par la croisée ;
Et la chose est aisée,
Car la fenêtre est assez près du sol ;
Comme un oiseau qui prend son vol,
Déjà rêvant une retraite sûre,
Notre Adonis enjambe l'embrâsure ;
Au bord du mur, suspendu par les mains,
Il va sauter.... O disgrâce imprévue :
Le mari tout-à-coup se présente à sa vue ,
Et des valets gardent tous les chemins.
Le rustre n'attend pas que le lion s'explique,
Et dans le piédestal de son dos héroïque,
Il plonge et replonge en grondant,
Sa fourche à triple dent.
Aux cris que pousse la fermière ,
Tout le village accourt ; et le dandy sanglant,
Qu'on arrache avec peine au jaloux rugissant,
Rend grace à l'ombre hospitalière
Dont le couvre, plus loin, le toit d'un chaumière.

Ne montons pas sur l'arbre du voisin ;
Il fait payer trop cher le plaisir du larcin.

FABLE VIII.

Le Ver luisant.

Un vert luisant, sitôt que de la nuit
Sur l'horizon se déployait le voile ,
Disait que de son rang le sort l'avait instruit :
A l'en croire, il était le cousin d'une étoile

Qui l'avait revêtu d'un éclat lumineux.

Les habitants des buissons épineux,
Indignés d'un pareil langage,
Lui contestaient la parenté des cieux.
Et leurs discours, loin de le rendre sage,
Irritaient son farouche orgueil.
Mais quand le jour à la nature en deuil
Rendait l'espoir et la lumière,
Notre ver honteux et poltron,
Terne et gris comme la poussière,
Essuyant les brocards du plus vil avorton,
Cherchait, pour se sauver, la fente d'une ornière.

Combien d'aimables intrigants,
Vus au grand jour, deviennent vers luisants.

FABLE IX.

Le Ruisseau et le Marais.

Un vieux marais, fier d'une onde stagnante,
Où la grenouille croassante,
A travers le limon, mettait le nez à l'air,
Comme pour observer si le temps était clair ;
Emporté par l'élan d'une implacable envie,
Insultait, sans relâche, un ruisseau dont le cours.
Infatigable en ses détours,
Calmait la soif d'une prairie ;
Offrant à l'œil, trompé par sa magie,
Les limpides rameaux d'un arbre de cristal,
Où l'onde gazouillait, comme la mélodie
Que prodigue l'oiseau, d'un gosier matinal.
Le marais, sur ses bords vêtus de touffes d'herbe,
Ne pouvant élever une tête superbe,

Criait, d'une voix rauque, au ruisseau fortuné :
« Je régnais en ces lieux quand tu n'étais pas né.
» Tu ne seras jamais qu'un petit misérable :
» On peut voir de ton lit les cailloux et le sable ;
  » Et mon empire est si profond
  » Que l'œil jamais n'en découvre le fond.
   » Un lac m'a donné la naissance,
   » Et l'un des fleuves de la France
  » Est mon parent au troisième dégré ;
   » Et tu me vois transfiguré
  » Par un effet de ma double puissance,
   » On croirait que je suis un pré ».
Le paisible ruisseau, lassé de sa jactance
  Et par l'insulte exaspéré,
  Rompit à la fin le silence :
  » Tais-toi, dit-il, au marais fanfaron.
» Je sais ton origine aussi bien que ton nom.
  » N'allègue plus ta ressemblance
  » Avec ce pré couronné de gazon ;
  » Songe, insensé, que la fange verdâtre,
  » Dont tu deviens sottement idolâtre,
» Et ton eau croupissante, effroi du voyageur,
  » Exhalent des germes fébriles
  » Qui sur les hameaux et les villes
» Étendent du trépas le voile destructeur ?
  » A tes poisons l'art vainement résiste.
  » Faire le mal est un plaisir bien triste ;
  » Mais c'est le suprême bonheur
» Des lâches tels que toi, sans esprit et sans cœur.
» Va, jamais de tes eaux la funeste semence
» Ne doit souiller ce champ qui maudit ta présence ;
» Et je te le prédis, sous un effort vainqueur,
» Tu sécheras bientôt d'envie et d'impuissance ».

Jour et nuit le méchant rêve le mal d'autrui ;
  Nuire, voilà son atmosphère.
 Aux malheureux il refuse un appui ;
  Et le bien même qu'il voit faire
  Devient un supplice pour lui.

FABLE X.

La Femme battue.

Devant la sainteté du foyer conjugal,
   Indignement battue
   Par un mari brutal,
  Gémissante éperdue,
Une femme poussait des cris de désespoir,
  Qu'on entendait retentir dans la rue.
   Aider le faible est un devoir,
  Surtout quand la force l'opprime.
  Pénétré de cette maxime,
   Un voisin conciliateur
Accourt vers la maison où rugit la dispute.
Il supplie, il insiste, il s'oppose à la lutte.
O désappointement ! les époux furieux,
Comme deux léopards, que presse la famine,
  L'œil enflammé, le menacent tous deux :
Une grêle de coups tombe sur son échine ;
  Ingambe et leste il s'échappe en criant,
  Et, dans sa fuite, il renverse un passant.
  Ce dernier tout couvert de boue,
Demande, avec aigreur, si de lui l'on se joue ;
  D'un poignet ferme il saisit mon voisin
  Qui poursuivait sagement son chemin ;
  Et d'une voix qu'anime la vengeance,
Il demande, à l'instant, raison de cette offense ;

L'autre de s'excuser, les badauds d'accourir,
(Car on en voit partout) il est dans leur nature
De chercher à se divertir
Aux dépens du prochain qu'ils devraient secourir ;
Leur malice dans la blessure
Se plaît à replonger l'aiguillon de l'injure.
Instruit par son oreille ainsi que par ses yeux.
De la double mésaventure
Qui de notre homme officieux,
Comme on le pense, attriste la figure,
Et voulant, pour s'amuser mieux,
Aux rieurs l'offrir en pâture,
Un plaisant lui réplique, en se moquant de lui :
« Pourquoi vous mêlez-vous des querelles d'autrui ?
» Avec vos souvenirs avez-vous fait divorce ?
» Le proverbe vous dit : entre l'arbre et l'écorce
» Il ne faut pas mettre le doigt.
» A l'avenir, montrez-vous plus adroit ».
Et du rire, à ces mots, les fibres remuées,
Provoquent les éclats d'un orage moqueur,
Qui gronde sur les pas du conciliateur,
Et jusqu'à sa maison le poursuit de huées.

Ami lecteur, laissons notre voisin
Du sceptre conjugal exercer la puissance :
Brouillés, ce soir, en apparence ,
Le deux époux s'embrasseront demain.
Des cieux sublime confidence,
Le repentir éveille la raison ;
Enfin, rappelons-nous l'axiôme du sage :
« Malheur à qui sert de plastron
» Dans les querelles de ménage ».

FABLE XI.

———

L'Encrier, la Plume et le Papier.

Un jour la plume et le papier
Disputaient avec l'encrier
D'esprit, d'honneur et d'importance,
Et chacun d'eux voulait la préséance.
« C'est moi, disait la plume avec humeur,
» C'est moi qui transmets la pensée
» A l'œil sévère du lecteur ».
« Comment sur le papier serait-elle tracée,
Répliquait l'encrier boudeur,
» Si tu ne plongeais pas ton bec dans la liqueur
» Dont je suis le dépositaire ?
» Et sans moi que pourriez-vous faire,
» S'écriait, à son tour, le papier menaçant,
» Comment lirait-on vos harangues » ?
Les esprits s'échauffaient aussi bien que les langues,
Déjà dans les regards de chaque prétendant
La colère étincelle,
Lorsque leur chef et leur seigneur,
Ou si l'on veut, l'Auteur,
Qui du seuil de la porte écoutait leur querelle,
Entre, et leur dit d'une voix solennelle :
» Finissez vos caquets.
» Seul, je commande ici, vous êtes mes sujets.
Et des trois disputeurs la primauté s'envole;
Ils sont réduits au rôle
De confidents muets.

Cette profane parabole
Retrace un peuple de valets,

Avec emportement, loin des yeux de leur maître,
S'arrogeant tous l'autorité
Et reprenant leur ton d'humilité
Sitôt qu'ils l'ont vu reparaître.

FIN DU QUATRIÈME LIVRE.